AF246403

Ye

24254

HOROSCOPE

SUR

LA NAISSANCE

DU FILS DE M. A. D: M.

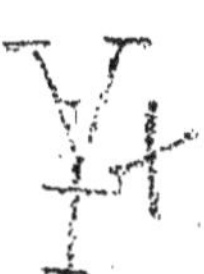

A PARIS,

Chez JACQUES ESTIENNE, ruë Saint Jacques,
au coin de la ruë de la Parcheminerie,
à la Vertu.

M. DCC. IX.
AVEC PERMISSION.

HOROSCOPE.

SUR LA NAISSANCE

du Fils de M. A. D. M.

I L faudroit être un Misantrope
Bien sauvage, & bien rechigné,
Pour refuser un Horoscope
Au petit Enfant nouveau né ;
L'entreprise sans doute est grande,
Mais le moyen qu'on s'en défende,
C'est le Papa, c'est la Maman,
C'est le pauvre petit Fanfan,
Qui par ses cris me le demande :
Ne pleurez pas, petit Mignon,
Vous feriez pleurer vôtre Mere ;
Vous le voulez, il faut le faire,
On ne sçauroit vous dire, Non.
     Je ne suis pas grand Astrologue,

Et je sçay peu l'art de mentir,
Quoique cet art soit fort en vogue :
Je m'entens bien moins à bâtir
Un Horoscope qu'une Eglogue.
Les Astres, l'Hyver, & l'Eté
Peuvent courir en liberté,
Leur marche ne m'occupe gueres,
Qu'ils se levent soir ou matin,
Je les laisse aller leur chemin,
Sans me mêler de leurs affaires.
Qui va d'un œil trop curieux
Examiner chaque Planette,
Et par le trou d'une Lunette
Fureter tous les coins des Cieux,
N'a pas la visiere bien nette :
Les douze maisons du Soleil
Sont toutes d'un prix sans pareil,
Mais malheur à qui les frequente ;
J'en dirois de bonnes raisons :
La premiere qui se presente,
Est qu'elles ont certaine pente
Qui mene aux Petites-Maisons.

SANS tracer de vaines figures,
Pour fixer avec seureté
Le poinct d'une nativité,

On peut fur d'autres conjectures
Plus juftes, peut-être, & plus fûres,
Frifer au moins la verité :
Encor beaucoup pour qui la frife
Dans nôtre métier de Devin
Tout eft fujet à la méprife ;
Vaille que vaille, cher Bambin,
Sans garentir la marchandife,
Je vais chanter vôtre deftin.

Vous étes né de bon matin
A cinq heures, dit la Chronique,
Que faut-il que j'en pronoftique ?
Le trait me femble un peu lutin.
Au lieu d'attendre d'un air fage,
Et comme un Enfant bien appris,
Au point du jour, fans autre avis,
Vous commencez vôtre ramage,
Et réveillez tout un Logis.
C'eft être alerte de bonne heure,
Je ne fçay ce qu'on en dira ;
Mais grand malheur arrivera,
Si jamais le pied vous demeure.

Soyez pourtant le bien venu,
Vous voilà dans un nouveau Monde,
Qui vous étoit fort peu connu ;

Il eſt déja vieil & chenu :
S'il a beſoin qu'on le refonde,
Je n'en dis mot, mais convenez
Qu'à tout prendre, il vaut bien en ſomme
Le triſte lieu d'où vous venez,
Et que chez nous Neant on nomme.
Pauvre Pays, Pays perdu,
Où ſi long-temps, avant que d'être,
Vôtre petit individu
Dans la maſſe fut confondu :
Le monde où vous venez de naître,
Quoy qu'on en diſe, a ſes beautez,
Ce ſont pour vous des nouveautez,
Il faut du temps pour les connoître,
Ainſi, crainte de repentir,
Ne vous preſſez pas d'en ſortir.

    Avec la Parque Dame antique,
Qui de nos jours tient le cordon,
J'ay fait pour vous ſous vôtre nom
Bail de vie Emphyteotique,
Cent ans & plus, le terme eſt bon ;
Contrat paſſé, ſtyle ordinaire
Par-devant le Deſtin Notaire,
Avec paraphe : A tout hazard,
Pour éviter toute diſpute,

Levez-en plûtôt que plus tard
Un bon Acte fur la Minutte;
Donneroit bel argent comptant,
Qui pourroit en avoir autant.

J O U I S S E Z dònc du benefice,
Et commencez par bien teter,
Quand vous n'aurez plus de nourrice,
Et que vous pourrez vous porter,
Aller, venir, courir, trotter.
La Mie aura de l'exercice,
Car je l'ay prédit pour certain,
Que vous feriez un peu lutin,
Oui lutin, lutinant, j'en jure,
Faifant le petit vagabond,
Cherchant toûjours quelqu'avanture,
Et gare quelque boffe au front:
On fe tourmente, on fe demene,
On veut tout toucher, & tout voir;
On caffe tantôt un miroir,
Et tantôt une porcelaine:
La Maman gronde, du haut ton
Le foüet à ce petit Fripon;
Mais on eft fait à ce langage:
Elle a beau menacer fouvent,
  Autant en emporte le vent;

On n'en devient gueres plus sage,
Si maſſepain ou macaron,
Si quelqu'écorce de citron,
Ou ſemblable menu ſuffrage
Se trouve ſur vôtre paſſage,
Macaron, citron, maſſepain
Se trouveront croquez ſoudain
Par benefice d'inventaire ;
Car diſons le quoy qu'en riant,
Et c'eſt un point qu'on ne peut taire,
Vous ſerez un petit Friant.
Cette framboiſe rouge & fine, *
Qui vers le cœur ſe retirant
S'éleve ſur vôtre poitrine,
M'en eſt un aſſez bon garent.
Bonbons ne tomberont à terre,
Vous n'en ferez pas à demy,
Ils ſont à vous de bonne guerre ;
Autant de pris ſur l'Ennemy,
Et quand ils ſont croquez, qu'y faire ?
On prend la fuite aprés le tour,
Et ſerviteur juſqu'au retour :
Voilà déja mon Volontaire

* *L'Enfant a la marque d'une Framboiſe ſur le coſté gauche de la poitrine.*

Suivi de fon Papa mignon
A dada fur un grand bâton.

Q u e cet âge doit faire envie !
Que c'eft un temps à regreter,
Si l'on avoit fceu le goûter
Que ce premier temps de la vie !
Ny peine, ny foucy cuifant
Dans les tendres Enfans n'altere
L'humeur toûjours gaye & legere !
Tout occupez du bien prefent,
L'avenir ne les trouble guere ;
Crainte, defir, joye & colere,
Tout fe paffe en un tour de main ;
Le foir on fe couche, on fommeille
Sans foucy pour le lendemain,
Et le lendemain on s'éveille
Sans retour fâcheux fur la veille :
Tous les jours leurs paroiffent neufs ;
A chaque heure ils femblent renaître :
Helas ! ils font les vrais heureux,
Et s'ils le font, fans le connoître,
Nous, qui nous le croyons, fans l'être,
Nous fommes plus à plaindre qu'eux.

L e fage inftinct qui les éclaire
Eft plus feur fans comparaifon

A iiij

BIBLIOTHEQUE IMPERIALE IMPR.

Que la raiſon qui le fait taire,
Et dont on ſe fait une affaire
D'avancer toûjours la ſaiſon :
Dez que nôtre eſprit ſe délie,
Tout chez nous ſe tourne en poiſon :
Le premier inſtant de raiſon
Eſt en nous, quoy que l'on publie,
Le premier accés de folie :
La raiſon a fait de tout temps
Chez les Animaux raiſonnables
Beaucoup plus de gens miſerables,
Qu'elle n'a fait de gens contens.
Vous, dont je chante la naiſſance,
Joüiſſez de vôtre innocence,
Tandis qu'il en eſt temps encor,
Cher Bambin, l'âge de l'enfance
Eſt le veritable âge d'or.

M A I S courte en ſera la durée,
Les ſoucis auront bien-tôt lieu ;
Dez quatre ans la Croix de Par-Dieu,
Croix de tous Enfans abhorrée,
Va vous apprendre à vôtre dam
Que vous étes né Fils d'Adam.
Depuis cette heure infortunée
Declinant du bonheur paſſé,

Vous verrez d'année en année
Ou quelque plaifir éclypfé,
Ou bien nouvelle peine née :
Cent ba-be-bi-bo-bu fâcheux
Durant le cours de vôtre vie
De vos projets & de vos vœux
Renverferont l'œconomie.
L'Alphabet qu'on vous met en main,
Comme on l'a mis à vôtre Pere,
Eft l'Alphabet de la mifere
Qui tourmente le Genre Humain,
Et le pourfuit jufqu'à la biere :
Plus vous irez en avançant,
Plus les chagrins iront croiffant.
Les Codrets, & les Defpauteres
Dez l'âge de fept ou huit ans
Vont vous donner bien des affaires ;
Ce font d'incommodes Sergens,
Mais Sergens pourtant neceffaires.
Est-on enfin delivré d'eux,
Suit cet âge fi dangereux,
Quand le poil follet vient à croître,
Qu'on a la bride fur le col,
Que l'on veut vivre en petit Maître,
Qu'on devient indifcret & fol,

Et qu'on fe fait honneur de l'être;
En proye aux violens accez
Du libertinage & du vice
On le pouffe aux derniers excez,
Pour n'y point paroître novice.
Je fçay qu'il en eft, que le Ciel
Forme d'une pafte meilleure
Des cœurs fans paffion, fans fiel,
Que jamais le vice n'effleure;
Vigilans à le prévenir,
Ils en évitent jufques à l'ombre,
Peut-être ferez-vous du nombre,
Et vous avez de qui tenir;
Mais la Jeuneffe m'intimide,
Sans frayeur je n'y puis penfer,
Et c'eft une Zone torride
Qui coûte beaucoup à paffer.

    A R R I V E enfin ce qu'on appelle
L'âge, où de fon feu revenu,
L'homme quittant la bagatelle,
Pour fage & prudent eft tenu:
Nos vœux fe tournent au folide;
L'amour du bien vient nous faifir;
Le plaifir nous fervoit de guide;
L'intereft chaffe le plaifir.

Quand une fois il nous poffede,
Quelque fecours qu'il puiffe offrir
Contre le plaifir qui luy cede,
Je crains bien autant le remede,
Que le mal qu'il prétend guerir.

H E', Caufeur, Tréve de morale,
Dira quelque Lecteur chagrin
De ta longue Mercuriale;
Ne verrons-nous jamais la fin?

J E rends grace à qui m'appoftrophe;
Il a raifon, je m'écartois,
Et d'Aftrologue que j'eftois,
J'allois devenir Philofophe:
On ne tarit point fur ce ton;
Mais taifons-nous, & calons voile,
Et revenons au petit Bon,
Dont j'ay prefque perdu l'étoile.

E N Mars vous étes né, dit-on,
Et Mars eft le Dieu de la Guerre;
Le cœur vous en dit-il, Poupon,
Et prendrez-vous le cimeterre
Pour éternifer vôtre nom?
Suivez confeil, & dites Non:
Ce métier conduit à la gloire,
Mais la route ne m'en plaît pas,

Quand en courant à la victoire,
On laiſſe en chemin tête & bras :
Le Heros dans ce temps, helas !
Des beaux éloges de l'Hiſtoire,
Croyez-moy, ne fait pas grand cas ;
Les doctes Filles de memoire
Nous en font à tous bien accroire.

M a i s Mars eſt le Dieu du Printemps,
Auſſi-bien que le Dieu des Armes :
En Mars on voit fleurir nos champs,
Et la terre reprend ſes charmes.
Si Mars ſouvent plein de rigueurs
Annonce aux autres des allarmes,
Il ne vous promet que des fleurs :
C'e n'eſt point icy le langage
D'un Aſtrologue ſeducteur :
De cet eſpoir doux & flateur
Vous portez avec vous le gage ; *
Nature elle-même en traçant
De tendres fleurs ſur vôtre tête
Par ce trait voulut en naiſſant
Vous donner un gage innocent
Du bon-heur qu'elle vous apprête.

* *L'Enfant a un bouquet de fleurs marqué ſur le derriere de la
teſte.*

Petit Poupon predeſtiné,
Un beau Deſtin doit vous attendre;
Eſt-il un ſort ſi fortuné,
Où vous n'ayez droit de prétendre,
Vous que Nature a couronné,
Même avant que vous fuſſiez né.

    V o s jours filez d'or & de ſoye
S'écouleront tous dans la joye,
Tout ce qui peut du cœur humain
Flatter les vœux & l'eſperance,
Vous eſt acquis par preference,
Et la fortune à pleine main
Viendra verſer dans vôtre ſein
Tous les tréſors qu'elle diſpenſe:
Pour joüir d'un bon-heur ſi doux,
Vous avez cent ans devant vous,
Je dis cent ans, ſi devant terme
Par avanture ne mourrez,
Prenez-y garde, & tenez ferme
A Vieillir tant que vous pourrez.

    Q u e l q u e Cenſeur dira peut-être
Que l'Aſtrologue eſt un nigaut
De parler de vieillir ſi-tôt
A l'Enfant qui ne fait que naître:
Mais qu'il apprenne de ma part

Ce Cenſeur ſi prompt à reprendre,
Que qui veut devenir vieillard
Ne ſçauroit de trop loin s'y prendre ;
Pluſieurs ſont reſtez à l'écart,
Pour s'en être aviſez trop tard.

L a vieilleſſe eſt choſe fort bonne,
Et Dieu puiſſe-t'il la benir,
A peu d'Elûs le Ciel la donne,
Bien-heureux qui peut l'obtenir ;
Je ſçay comment on la blaſonne,
Et ce qu'on dit pour la ternir,
Mais je ne vois pourtant perſonne
Qui n'ait deſſein d'y parvenir ;
Le mieux ſeroit de rajeunir.

M a i s depuis le temps que Medée,
Pour plaire à ſon Epoux Jaſon
Rajeunit le bon homme Eſon,
Ce ſecret n'eſt plus qu'une idée ;
La recette en fut mal gardée,
Grand dommage eſt pour tout griſon.

C e s bonnes filles ſi vantées,
Qui d'un pareil eſpoir flatées
Mirent leur pere au court-boüillon,
Pour luy rendre ſon vermillon,
Se trouverent bien attrapées ;

La Sorciere avec doux maintien,
Et faifant la femme de bien
Mèchamment les avoit trompées,
Et la fauce n'en valut rien.

O r depuis de pareille fauce
Nul vieillard n'a voulu tâter,
La dépenfe en étoit trop groffe,
Ils aiment mieux fe contenter ;
De chicanner, de difputer
Tant bien que mal avec la foffe,
Au bout du compte il faut partir ;
Mais la chicanne eft pardonnable :
Si vieilleffe nous fait patir ,
Mort eft bien plus infupportable ,
Et fût-on gouteux & perclus,
Plus à plaindre eft qui ne vit plus.

C h e r Poupon, grace aux Deftinées,
Vous n'en étes pas encore là ;
Si dans fes fureurs forcenées
Voulant rogner fur vos journées
La mort vénoit dire, hola ,
Alleguez-lùy cent années,
Vous compterez aprés cela.

V o i l a des biens de quoy fuffire,
Vous vous en contenterez ; mais

Un Aſtrologue doit tout dire,
Le bon ne va point ſans mauvais.
Un mal dangereux vous menace,
Les Aſtres me l'ont atteſté :
Ce mal eſt grand, & quoy qu'on faſſe,
Il ne peut guere être évité.
J'ay feüilleté tous mes memoires,
J'ay refaſſé tous mes papiers,
Et mis dans mes doctes grimoires
Tout le Ciel en douze quartiers,
Mais aprés, bien du barboüillage
Eſt demeuré pour arrêté,
Et voilà le fâcheux preſage,
Que vous feriez Enfant gâté.
Oüy, l'Enfant gâté de la Mere,
Voire du Pere, & du Grand-Pere,
Des Oncles, Grands-Oncles, Couſins,
De tous Parens, Amis, Voiſins,
A la Maiſon comme au College,
De ceux qui ſont, ou qui viendront,
De moy-même, enfin que diray-je ?
De tous ceux qui vous connoîtront.

QUELS cris, & quelle tragedie
Au beau premier petit bobo !
Une legere maladie

Fera trembler pour le tombeau ;
Que de boüillons, de medecines,
Et de juleps, & de racines !
Medecins de tous les cantons,
Et Medecins de toute efpece,
Les meilleurs feront-ils trop bons ?
Il faudra du fond de la Grece
Faire venir les Machaons,
Ou de Verfailles les Fagons.
Une petite égratignûre
Ne fera pas un petit mal,
Et pour une fi grande cure
Il faudra prefque Maréchal.
Que le Sommeil dans fa carriere
Demeure un quart d'heure en arriere,
Tout eft perdu, Dieu fçait le bruit !
Ah ! mon Dieu, de toute la nuit
Il n'a pas fermé la paupiere ;
Voyez fon teint, fes yeux battus,
Pauvre Petit, il n'en peut plus.

    V o u s entendrez tout ce langage,
Et dans la fuite il faut fçavoir
Si déja fait au badinage,
Vous fçaurez vous en prévaloir.
Les Enfans ont leur politique

Qui va plus loin que l'on ne croit;
Leur morale toute pratique
A leurs fins les conduit tout droit :
Que quelque leçon leur déplaife,
Trop d'étude, ou trop peu de jeu,
Et remarquez par parenthefe
Qu'il en eft fort fouvent trop-peu,
En un mot qu'un rien les chagrine.
Vous allez voir joüer la mine.
Un mal de tête des plus gros,
Car ils en ont toûjours en poche,
Vient au fecours tout à propos :
La Mere en allarmes s'approche,
Luy tâte au front; Et qu'eft cela?
Il brûle! Ah comme le voilà!
On me tuëra mon Fils, je gage;
Les Precepteurs, & les Regens
Sont fans mentir de fottes Gens;
Voyez un peu le bel ouvrage!
Aller réduire en cet état
Un Enfant foible & delicat!
Hé! n'ont-ils point de confcience
Qu'il vive, & point tant de fcience,
Affez en fçaura-t'il toûjours :
Petit Fils, je vous fais deffenfe

D'ouvrir un Livre de huit jours.

Je réponds pour luy par avance
Qu'il fera bien obéïſſant :
On rit de cela dans l'enfance ;
Mais dans la ſuite on s'en reſſent,
Que pour un Fils doux, careſſant
Une Mere ait de la tendreſſe,
La choſe eſt juſte, on y conſent,
Il en faut au pauvre Innocent ;
Mais gardons-nous de la foibleſſe,
On nuit à force de careſſé,
Et l'on étouffe en embraſſant.

Peut-estre ſuis-je trop ſincere
Allant ainſi philoſophant,
Et fais mal ma cour à l'Enfant,
En faiſant leçon à la Mere ;
Mais la leçon eſt neceſſaire :
Excuſez, charmant Nourriſſon,
Quand je me tairois pour vous plaire,
La raiſon la luy ſçauroit faire,
Et je n'y mets que la façon.

Apres cela Dieu vous preſerve,
De plus grand mal que celuy-cy ;
Que dans les biens qu'il vous reſerve
Il vous delivre de ſoucy,

Et que long-temps il vous conferve,
Et moy vôtre Aftrologue auffi.
Je le fuis, s'il en fût au monde,
Je dis Aftrologue parfait,
Il s'agit de prouver le fait,
Et voicy fur quoy je me fonde.

O u j'ay dit vray fur le futur,
Ou j'ay dit faux, l'un d'eux eft fûr :
Si j'ay dit vray, prenons courage,
Je fuis Aftrologue en ce cas :
Si j'ay dit faux, c'eft grand dommage ;
Mais aprés tout je n'y pers pas,
Je le fuis encor davantage.

F I N.

APPROBATION.

J'Ay lû par ordre de M. le Lieutenant General de Police, un Manufcrit en Vers François, intitulé *Horofcope*, dont on peut permettre l'impreffion. A Paris ce 28. de Decembre mil fept cens huit. PASSART.

PErmis d'imprimer. Fait ce 31. Decembre 1708. Signé, M. DE VOYER D'ARGENSON.